KB130828

차마고도에서 열흘

시인 · 소설가 12인의 오지기행

차마고도에서 열흘

—

초판 1쇄 2019년 4월 5일
지은이 사막의형제들
펴낸이 김영재
펴낸곳 책만드는집

—

주소 서울 마포구 양화로3길 99 4층 (04022)
전화 3142 - 1585 · 6
팩스 336 - 8908
전자우편 chaekjip@naver.com
출판등록 1994년 1월 13일 제10 - 927호

—

ISBN 978 - 89 - 7944 - 683 - 8 (03810)

차마 고도에서 열흘

시인 · 소설가 12인의 오지기행

사막의형제들 지음

책만드는집

| 차례 |

김금용

김영재

김일연

김지헌

김추인

윤효

이경

이경철

이상문

이정

최도선

홍사성

김금용

찾았는지요, 비웠는지요

서울이 비었습니다 당신이 샹그릴라를 찾아 떠난 뒤 내 옆구리 빈터엔 더부살이 바람만 들락날락 출렁입니다 말끔히 비어야 한다고, 옷가지도 태우고 당신과 주고받던 몇 백 장의 편지도 밤새워 태워버렸건만 빈 서랍엔 여전히 붉은 생각 한 움큼이 이불 속으로 파고듭니다 꼬리가 긴 생각이란 짐승은 천산을 건너오는 바람과 부딪쳐 비구름을 만들고 해발 4천 미터를 넘다 야크를 만나고 티베트 여우를 만나고 만년설산 눈표범을 만나 갈기갈기 찢기고도 단단히 뭉쳐져 명치를 때립니다 체 내리는 집을 찾아가 입안에 손을 넣고 명치 아래 꽉 막힌 울음통을 빼내보지만, 핏빛 생채기만 토해낼 뿐, 도대체 샹그릴라는 찾았는지요 어디서부터 어디까지가 당신 눈에 잡히는 이상향인지요 비우지 않고는 돌아설 수 없다는 걸 알았는지요 트렁크엔 손가락 사이로 빠져나가는 붉은 모래가 한가득입니다

푸른 생똥

조랑말이 꿈쩍 않는다 늙은 마부가 채찍을 들어도 고개 떨군 채 가쁜 숨만 토한다 푸른 생똥을 한 바가지 쏟아낸다 사람 짐은 왜 이리 무거울까 소금과 옥수수 가루, 보이차 걸머지고 하파설산 차마고도 오를 때보다 더 무거운 사람 덩어리, 항문을 뒷발로 막고 똥도 안 싸고 금은보화까지 먹어치운다는 비휴貔貅*가 됐나

물집 박힌 조랑말 발굽을 씻겨주겠다는 것인지, 잔등에 배는 뜨거운 진땀을 닦아주고 싶은 것인지, 붉은 비단뱀이 꼬리 치며 뒤쫓듯 금사강金沙江 탁류가 조랑말을 따라붙는다 초록빛 장미꽃 똥을 한 잎 한 잎 꽃봉오리 피어내듯 쏟아낸다 일당 몇 푼에 망아지 채찍질하는 백발 마부나 짐 덩어리 나도 눈물인지 진땀인지 흘린다 차마고도 막바지 산길에서 잡풀들까지 바람이든 지나가는 소낙비이든 머리 흔들며 진물을 토한다 삭히지 못한 맑은 생똥에 오한이 든다

* 중국인들이 좋아하는 상상 속 맹수 이름. 항문이 없어서 먹기만 하고 내뱉지 않으며, 금은보석을 특히 좋아해서 다 삼킨다고 한다.

산, 산이 운다

여와가 날개 돋친 응룡의 수레를 타고 나타난 것일까
자라의 네발을 잘라 받치고 있던 하늘 한쪽이 무너진 것일까
컴퍼스와 곱자를 든 복희와 여와가 우주를 만들고
복숭아꽃이 가득한 무릉도원을 꾸몄다는 샹그릴라
염소와 말과 야크와 사람들이 시간을 잊고 산다는 이상향

길을 뚫고 전신주를 세우고
매리설산에 골프장까지 만들어 외지 사람들 불러들이더니
산이 운다, 온몸을 흔들며 흙과 바위를 토해낸다
고지에 묻힌 작은 마을을 덮친다
식량과 일용품을 싣고 가던 차량을 덮친다

샹그릴라 시내에서 산 관음부처 목각
당신의 뺨에도
빗물인지 눈물인지 얼룩진다

백족 아가씨

가도 가도 흰 구름밭
가도 가도 푸른 산자락
흰 구름꽃 고봉으로 올려놓고
소꿉놀이 밥상 차리던 뒷집 총각에게
시집간 두메산골 덕지현 백족 아가씨
염소 떼를 몰고 매리설산을 넘어간
새신랑을 이제나저제나 기다린다
망아지 등엔 푸얼차와 소금, 누룩
운남성 밖 이야기보따리까지
한 짐 싣고 오겠다는 새신랑,
구름 걷힌 4200미터 만년설산 너머엔
어떤 모양새 어떤 색깔의 사람들이 살까

달빛 하얗게 깔린 외진 꼴딱고개 길
망아지 목에 달린 종 소리가
잠든 산막이 마을을 깨운다
친구 삼아 앞서니 뒤서니 함께 온 망아지
백족 아가씨 치마폭에 콧김 불며 부빈다
그 바람에 말 잔등에서 잠든 채 떨어지는 새신랑

꿈길이나 산길이나 흰 구름밭이다
백족 아가씨 품속도 뭉게구름밭이다

적록색맹

하늘이 붉은 치마자락을 펼치자
만년설산이 성의聖衣를 받아 안고
금사강 상류에 발 담근다
천천히 몸 섞는 물소리
천만 개의 빛 날개 치는 소리

훔쳐본 나는 천기누설자
적록색맹이 되었다

메이리쉐산梅里雪山의 삥후氷湖

은빛 고운 채에 걸러낸

파란 하늘이 들어앉는다

하얀 구름이 끼어 앉는다

등 굽은 내 아버지도

앉아 계신다

차마고도 가는 길

수염수리가 날아와 내 목을 문다
팔을 들어 뿌리쳐 보지만
수염수리새는 날개를 펴고
산안개 너머 뭉게구름 너머
만년설산 산정으로 나를 물고 날아오른다

흰 구름 커튼에 가려진 저 산 아래 마을
지금 나는 어디로 가는 것일까

녹색 똥을 싸대며 진땀 흘리는 망아지 위인지
길을 잃은 떠돌이 여우별인지

눈을 뜨니
흰 구름을 목에 두른 운남성 산맥들이
지프차 뒤창 유리에 붙어 쫓아오고
나는 차마고도행 뒤칸에 끼어 앉아
출렁거리는 짐짝들과 쉼 없이 흔들리고 있다

뭉게구름 업고 달리는 지프차

뭉게구름을 뒤차창에 업고 달리는 지프차
저 차를 타면 나도 구름 위로 올라갈 수 있겠다
흰 구름 화관을 쓴 만년설산 위에도 거뜬히 올라가
땅값 안 내고도 하얀 구름 위에 집을 지을 수 있겠다
기둥도 지붕도 문도 필요 없이 널찍하게 펼쳐진 마당에서
순한 눈의 소, 원숭이구름과도 뒹굴며 놀 수 있겠다
새털구름이 6천 미터 설산을 넘다 폭포로 흘러내리면
그 맑은 정화수 한 사발 나눠 마시고
반달곰 구름에게 내 낭군 하자고 졸라도 되겠다
오색 타르초가 휘날리는 돌탑을 산골 나시족納西族
아낙네가 구름을 이고 돌 때면
살짝궁 발 빠르게 구름 동네에 먼저 도착할 수도 있겠다
제멋대로 살아온 내가 쉽게 새치기해도 되겠다

김영재

샹그릴라

어두워지는 시간에
말들이 호숫가에

나는 멀리 떠나와
서성이는 호숫가에

지친 몸 쓰다듬어 주는
티베트 어디 호숫가에

룽다

깃발에 경을 쓰면 바람이 읽고 가네

바람 따라 떠돌다 경 한 구절 얻었네

설산을 오르다 지쳐 얻은 경을 놓쳤네

흰 폭포

매리설산 빙하 녹아
흰 폭포로 소리친다

큰 산도 속상하면
울음보 터지는데

애간장 녹고 쓰려도
우리 삶은
속앓이뿐

차마객잔

차마객잔 다락에서 혼자 듣는 빗소리

바라보는 옥룡설산 등 뒤의 합파설산

걸었던 탯줄 닮은 비탈길 찬비에 젖고 있다

차마고도

험한 산길 오르겠다고
말 몇 마리 발 구른다

나도 따라 오르겠다고
팔다리 휘젓는다

말 등에 올라탄 나도
용쓰면서 가는 길

호도협

호랑이가 건너다닌 계곡을 앞에 두고

나도 한번 건너뛸까 금사강 상류 어디쯤

산들은 하늘로 솟고 물길은 꺼지는 곳

차마고도를 걷는 법

길은 절벽 나는 그 길
그 길을 걷는다

오른쪽 낭떠러지로 발길이 미끄러질 때

푸르른 실핏줄들이
반대편에서 나를 지킨다

말과 사람들이 위태롭게 걷는다
말이 가다 서면 사람도 멈춰 선다
둘이서 걷는다는 것은 기다림을 아는 것

설산에서, 잠시

매리설산 찾아갔다
해발 육천칠백사십

산맥 같은 빙하가
비밀처럼 녹고 있었다

거대한
바윗돌들이
소리치며 굴렀다

무슨 할 말이 있어
설산이 무너지는가

사원의 라마승이
어린 부처를 옮기자

사납던 빗줄기 몇이 느리게 잦아들었다

김일연

폭포

산이 높을수록 까마득한 물의 깊이

그래도 길은 하나 주저할 일 있을까

절경은 뛰어들면서 만드는 것이라오

산길

떨어지는 신발창을 끈으로 돌려 감고
갑작스런 소낙비에 나무처럼 젖으며
혼자서 걸어가는 일 나쁘지는 않았다

하늘도 산허리에 내려와서 뒹굴고
비 그치니 풀빛들 파릇하게 살아나
더불어 같이 있는 일 슬그머니 좋았다

솜다리꽃

아찔한 벼랑 끝에 까치발을 세우고
쫑긋한 잎사귀는 날개 펼쳐 오르던
바람에 휘어져 있던 휘파람새 한 마리

날아서 너 어디로 가고 싶은 것이냐
온몸의 흰 솜털이 한곳으로 나부껴
울리던 휘파람 소리 오래 잊지 못하네

샹그릴라의 밤

발바닥에 닿는 깊고 깊은 숨으로
칠흑의 밤이 깊어 옛사람은 자는데
타향의 사람들만이 푸른 달에 취했네

이승 밖 산의 기척을

이승 밖 산의 기척을 내가 조금 들었더니

아직은 올 때 아니다 밀어내는 하늘 길

눈물진 무지개 걸어 잘 있다가 오라 하네

차마고도

길 잃으면 험난해 곳곳에 눈표범 있어

세속의 섶에 묻은 티끌이란 것조차도

비탈에 푸른 양처럼 금방 들키고 말지

설산의 아침

징 용고 바라 장고 소라 나발 태평소
먹구름의 대취타가 밤새 휘몰아치고
신열 난 이불 속에는 땀이 젖어들었다

혼절하고 일어나며 계곡은 불었는지
흐르는 물소리의 주렴을 걷고 보니
문밖에 당도하셨네, 4천 고지의 설산

그예 눈물 어려 있는 새벽안개 물리고
허공에 피워 올린 꽃 한 송이 건네시던
천상의 외로움을 인 흰머리 그 늙은이

김지헌

그냥 가유

세상의 구름이 모여 사는 마을
유배지 같은 그 험난한 길을 왜 가느냐고 묻기에
달리 설명하고 싶지 않아

그냥 가유

참 편안한 생략

구름 위로
때로는 구름을 발아래 두고서
폐지를 가득 실은 소똥구리처럼
기어서 걸어서
설산 영봉들을 눈에 담아 들고 돌아왔다

또 하나 몸속 길이 될 것 같다

낙법

차마고도 아찔한 절벽 길을 걷는다
하늘과 땅의 경계를 허무는 구름의 남쪽
금사강이 아우성치며 무섭게 달려간다

트레킹의 초입부터 말에서 떨어져
어딘가 깨져 나가는 줄 알았다
앞서가던 한 사람도 순식간에 삐끗하다
간신히 허공을 붙잡고 중심 잡는다

온갖 벼랑으로 가득한 세상에서 살아남는 일
손잡이 하나 보이지 않는 벼랑에선
어떻게 떨어지느냐에
다시 일어서는 일이 결정되지
지금껏 얼마나 많은 추락의 여정을 통과했던가
오로지 생각의 맨홀에 빠지지 않으려
그때마다 툭툭 털며 일어나 다시 걸었다
그리고
거봉들 솟아오른 근육을 보며
두 다리를 쓰다듬었다

속하고진

1300여 개 동파문자를 갖고 있는
소수민족 나시족이 뿌리내린 곳
속하고진의 입구에서
그네들 상형문자가 먼저 반긴다
1997년 유네스코 문화유산으로 지정된
차마고도 옛 마을

오래된 벽 곳곳에 동파문자가 새겨져 있고
마방 상인들이 말을 묶어놓았던 기둥
마방이 지났던 다리,
오랜 세월 길들여 윤이 나는 돌길

저녁이면 거울 같은 수면 위에
또 하나의 고성古城이 내려앉는다

옥룡설산 빙하가 녹아 만들어진 수로 따라
세 개의 눈이라는 이름의 계단식 우물
삼안정三眼井이 있다

맨 위 우물은 마시는 물
두 번째는 야채를 씻는 물
마지막은 빨래하는 물이다
이 규칙을 400년 넘도록 지키고 있다
동파문자를 자세히 들여다보면
숨은그림찾기 하듯
나시족의 오랜 비밀이 새겨져 있다

시 한 편

푸른 갑옷으로 무장한 나무들
서로 부둥켜안고 원시림 지켜왔구나
얽히고설킨 나무들의 치정을 어찌 떼어놓을까

해발 6700 설산 하나쯤
가볍게 넘어서고
동티베트 히말라야 끝없는 서사도 상징과 역설로
제압할 수 있다고 생각했다

티베트 고산들의 고담준론을 보겠다고
매리설산梅里雪山*을 오르며 나의 아둔을 탓한다
오색 타르초만 허락된 숲에서
나는 한낱 개미였다
어쩌랴
발자국만 어지럽게 찍고 내려오는 동안
빙하는 무너져 내리고
설산마저 제 몸 무너뜨려가며
기막힌 시 한 편 써 내려가고 있었다

* 티벳의 성산. 6000m 이상의 산봉우리가 13개 있는 중국 운남성의 최고봉.

솜다리꽃

이유 없이 울컥할 때 있다

차마고도 벼랑에서 아슬아슬 살아가는
벌새의 심장 같기도 한 너를 보았을 때

세상의 어떤 예외가
이 높은 곳까지 너를 데리고 왔을까

하늘이 가까워서일까
셀 수 없이 꽃 모가지 밟으며 여기까지 왔는데
수없이 지껄여온 거짓과 허위를
저 조그만 심장에 들키고 말았다

죽을 둥 살 둥

지금 조용히 찻물 끓는 소리는
오래전
말들의 오장육부를 졸이는 소리

생똥을 쏟아내며
죽을 둥 살 둥
차마고도를 오르는

저 말들의 내장이 환하다

우리는 샹그릴라로 간다

당신은 자꾸만 수심으로 흔들리는 마음 어디 둘 데 없다고 초록 터널을 지나 내게로 오고 싶다고 한다

잠복해 있던 내 사랑이 다가갈 수 있는 사각의 모니터 속 바로 거기, 언제 사라질지 모르는 당신과의 밀회를 위해 수시로 스마트폰 속으로 잠입한다 당신은 구름과 안개가 시야를 가려 슬프다고 한다 봄부터 여름 내내 직사각형의 감옥에 갇혀 나올 생각이 없나 보다

샹그릴라가 정말 존재한다면

영혼을 달래줄 파랑새 한 마리 포르르 날아와 당신이라는 감옥에서 눈뜨게 해주리라 그리하여 늙은 소수민족 남자가 날마다 아쟁을 켜며 노래 불러주고 은하수 이불을 끌어다 덮어줄 수도 있으리

잃어버린 시간을 찾아 방금 도착한 여기 야크가 한가롭게 길 한가운데 잠들다 제집으로 돌아가고 나면 절뚝거리던 이방인도 한 톨 먼지같이 가벼운 존재가 되는

나파하이* 호숫가에서 하룻밤 유목의 꿈을 꿀 수도 있으리

샹그릴라가 정말 존재한다면,

* 샹그릴라 서북쪽의 초원 호수.

김추인

설산雪山 가는 길

다시 못 올 길인데
오르고 올라도 끝이 안 뵈는 붉은 계단
오천열하나 오천열둘 세면서나 오를걸
후회를 하는 참에
다리를 쉬는 곳이 삼나무 아래다
그의 꽃말처럼 장엄하고 늠름한 것이
아름 넘는 둥치엔
퍼렇게 낀 이끼의 세월이 하늘까지 오를 기세다
제가 나무인 듯 나무가 저인 듯

아득히 우러러서도 다 못 볼
나무의 키
솔로몬의 신전을 지었다는 설송雪松,
그 히말라야 삼나무 같은데
작달막한 내 키로 네 우듬지는 구름의 땅이다
씨알 하나가 깨어
어른이 되고 다시
씨알을 짓고 떠나는 일
'그대나 나나 무에 다를 거 같니?'

까마득히 치올려 보며 입을 비죽 내미는데

툭.

내 머리통을 치며 떨어지는 것이 있다

트레킹화

– 매혹을 소묘하다

뉘 아닐까만 그에게도 꿈이 있다
사랑받는 꿈
잘 걸어보는 꿈

구름 길 접고 접어도
설산은 멀찍이 한 금 눈썹 길로
아득 -
말랑한 트레킹화도 심사가 사납다

빈센트의 낡은 〈구두 한 켤레〉*

축축한 고달픔이 명치끝으로 밀리던 그의
흙 범벅 구두를 떠올려도
지친 신발이 살을 씹어대는 자드락길
물집 잡힌 발을 뽑아 풀밭 위
열 발가락을 좌악 - 펴 널었다

어디나 휴지부는 평화다

바람의 갈피 속을 날던 꽃잎 두엇
생긋생긋 내려앉는
가죽신 두 짝의 소박한 꿈을 본다

* 빈센트 반 고흐가 1886년에 그린 그림 제목.

나를 조감鳥瞰하다

풀밭에 앉았다가 피를 묻혔다
풀빛 핏자국

차마고도 가파르게 오르다
조감하는
저 아래 금사강 물은 양쯔의 지류
싯누른 핏물 같은 것이
와랑와랑 흘러가고 있겠다

생生의 하산길에
걸음걸음 소비한 시간을 생각한다
몇 트럭분의 쌀과
몇 드럼분의 물과
육고기며 고추와 마늘
온갖 산 것들을 먹이 삼는 나는
호모 콘수무스Homo Consumus*

내 안에도 와랑와랑 흘러가는
피의 강이 있어서겠다

* 소비하는 인간.

내게서 말똥 내가 난다

차마고도, 설산 넘는 길
합파哈巴 당나귀들의 미션은
무게를 견디는 일이다

하얗게 아이라인 그린 눈으로
실실 웃는 눈매는
동키의 생존
바윗길에 발굽을 다치며 긁히며
안장 위의 무게에 속이 끓는지
철부덕 - 내 동공에 말똥 한 덩이
싸대기 친다
풀 내가 난다

앞 말에 똥 싸대기를 맞고서야
나를 지고 벼랑길을 가는
늙은 말
욱신거릴 말굽을 생각한다
엉성한 갈기의 목에 수박씨처럼 붙어
피를 빠는 쉬파리의 생존도 보인다

쉬익 쉬익 -
쑥대로 쫓으며 글썽이는 것이

"미안해 정말 미안해"
나귀에겐지 파리에겐지

서열의 방식

운남의 산들은 더 더 높이를 키우며
서열 정리를 하고 있었다

드론이 투입되는 날이 오면 시시콜콜
명산들의 높이와 덩치와 설화의 품계를
빅데이터로 줄 세우겠지만

아직 사람들은
산의 풍채와
산이 품고 앉은 풍경구를 바라보며
제 안을 물끄러미 들여다보는 것이다

헐고 삭은 데 젖은 데를 짚으며
허공 너머를 보듯
제 그림자 속을 들여다보는 것이다

고도를 기다리며*

— 서사, 한 토막

오랜 기다림을 배경으로 늙은 양버들 한 그루 곁하고 선 길 위일 것이다

오지 않는 고도로 해서 나, 빠진 목을 들고 선 풍경 속은 블라디미르나 에스트라공** 말고도 나사 빠진 이들이 길게 턱 내민 채 버릇인 듯 뽀뿌라나무 아래서 기다리는 길 위일 것이다

8월 더위는 내게서도 네게서도 살내가 나는 날들
나도 내가 나인지 모를
늘어지는 노을 녘, 전령傳令이 나타나

'고도는 오늘 역시 못 오고 내일은 꼭 온다 하오'

늘 같은 전갈을 떨구고 사라진다는 건데
오기는 개뿔 -
그래도 그 내일이 오면 다시 손차양을 하고 다들 멀리를 내다본다는 그 끝 모를 갈망들이 떠도는 길
위일 것이다

히말라야 쪽에서 소문이 왔다 구름의 아랫마을에 온다던 고도가 멈췄다고. 그뿐이냐 유언비어처럼 '고도 추적대'가 은밀히 선발되었다고…

"뭐라 저희끼리 뉘도 몰래 추적대를 꾸렸어야?"

시린 침묵과 견고히 직조된 별리의 세상일지라도 황토물살에 묻힌 설산의 아랫도리 돌아앉고 히말라야 눈표범 발톱 날을 세운대도 날올 씨올 돌아 돌아 설산에 묶였다는 고도를 두고만 보랴

고도의 발뒤꿈치도 본 적이 없는 우리는
세상에 없는 숫처녀들,
비정규 출정인들 뉘 말리겠더냐
휘면서 돌면서 한두 가닥 길을 풀어내는 운남의 안개비 속, 천근만근 몸 한 채 허공을 끌어 잡고 오른 윈 오른 윈, 보행 규율로 간신히 붙들고 가던 땅이 발바닥을 놔버린다?
(상상조차 사절이다)

저 아래 금사강 물살이 포효하는 우기의 시간,
몸이 몸에게 최면을 걸며 죽을 둥 살 둥 오르는 벼랑길인
걸까 우리 기다리는 고도는…

"고도가 설산에 묶이어 있다는 거 맞어? 차마고도茶馬古
道, 코 끄트머리도 안 뵈잖어" 구시렁대지만 나귀 콧김으로
오른 설산의 길이 고도, 맞을 것이다
샹그릴라를 걸으며 샹그릴라香格里拉***를 찾아 헤매듯

고도를 기다리며
뜬구름을 패러디Parody 하며
하루하루 건너가는 우리 생生의 길 위일 것이다

* 사뮈엘 베케트의 부조리 희비극 표제.
** 고도를 50년째 기다리는 인물 A, B.
*** 향그릴라현의 여러 풍경구.

단막, 레제드라마 Lesedrama

저문 날의 삽화

– 설산의 귀신님?

때 : 개와 늑대의 시간

곳 : 하파산의 하산길

인물 : J(여)

배경 : 부수적 인물들을 지우개로 다 지우면 텅 빈 무대, 숲 그림자 위로 바람 소리, 자갈 구르는 소리(E)

비, 비, 빗발, 빗소리(E)

* 필요에 따라 회전무대가 돈다 *

NAR 눈조리개가 작업을 시작하는가 보다 머리를 든 J, 멀리long shot 영상은 계곡으로 빙하 사태지는 설산이다.

S#1 초록 비옷 차림의 J, 딴짓하다 또 일행을 놓쳤나 혼자다.

(M*) 〈Can't Pretend〉(Tom Odell의)

빗발 듣는 하산길 숲은 어둑살 내리고 J, 걸음 급해진다 그림자의 나뭇잎들 장난처럼 위에서(Bird's

Eye View)
찰랑, 툭… 투둑.(E) J의 머리를 놀리듯 치고
톡, 톡, 톡. 오른손에 쥔 스틱 짚으며 걷는 소리(E)

S#2 길은 사라졌다 나타났다. 비
가렸다 드러났다. 비. '꼭 당신 짓거리 같잖아'
문득 한 우산 속, 어깨를 감싸 안고 걷던 그가
생뚱맞게 떠오른다. 유난히 비를 좋아하던 그.
까맣게 잊은 줄 알았는데…
(Fade in) 숲길 사이로 하늘 쪽, 잠시 환하다가 또
비
후드득 검은 망토 드리운 듯 더 어둑해진 숲,,,
J, 급한 제 걸음을 감지하며 중얼댄다
"엄니 나 무서운데. 엄니- 엄니-"

S#3 **톡… 똑 톡… 똑**(E) "메아리? 아냐."
허공에 음색이 다른 스틱 소리가 바로 뒤에서 들린
다. 마치 두 사람이 걷는 듯.
"잘못 들었나?"

J, 걸음을 멈춘 채 갸웃
다시 몇 걸음 가다 갸웃
'누가 나보다 늦은 사람 있는 거야?'(독백) 귀 기울

이다 휙 - 뒤돌아본다 아무도… 외길만이 따라오
고 있다.

S#4 "뭐야 에이 - 몰라" J, 다시 잰걸음으로 뛰다시피 한다.(생각도 바삐 바삐 지나간다)
'브람슬 듣고 싶어 심포니 1번. 그 슬픔의 불티 튀는 1악장 말고 마치 숲 바람인 듯 신비롭고 엄니의 따스한 눈길같이 위로를 주는 2악장** 말야'
'하긴 바이올린 음색이 어떤 부분에선 길을 잃은 듯 불안스럽기는 하지.'
"허걱, 나 아냐? 길 잃은 나…" (중얼대며) 서두는 걸음에 흙물 젖은 바짓가랑이가 철떡거리고. (M,1 악장. 팀파니의 불안한 연타 선율은 사뭇 비관적이다.)

간격이 좁아지는 **톡**… **똑 톡**… **똑**(E)
어슴푸레 허공, 고요를 깨는 탁음 톡.
나지막이 뒤따르는 경음 똑.

S#5 (큰 소리로) "이봐요 - 누구 없어요?"
메아리조차 빗소리에 묻혔는지 묵默 묵默 묵默
톡, 똑 톡, 똑(E) 숨을 고르며 걸음 멈춰도 **톡… 똑. 똑.**(E)
좀 세게 스틱을 톡. 찍고는 귀를 기울이는데 **똑.**

똑.(E)
'응? 분명 두 번이지?'(동공이 확장된다)
"제 뒤에 누가 따라오시나요?" 속삭이듯 말을 걸어 본다
"저를 아시나요?" 좀 더 큰 소리다(벌벌 떨며)
"…………" 괴괴하다

S#6 J, 스틱은 그냥 든 채로 사뭇 달린다 (회전무대 도는 동안)
그때다. 빗물 진 흙바닥에 찌루룩 미끄러지며
"어 - 어 아악"
"아 - 아가 - " 주저앉는 J를 누가 엉덩이를 받쳐준 듯 몸이 가까스로 섰다. J, 뒤를 돌아보며 고개를 갸웃한다.
'환청? 엄니가?'
어릴 적부터 찬찬하지 못해 콩팔칠팔 서두르면 어머니는
"아가, 희야!"
누우신 채로 말리시곤 했었다. (M, 어느덧 2악장이 감미로이 나지막이 흐르는 선율)
언뜻 그날이 뇌리에서 튀어나온다.
"희야 나, 간다 - ."
생생한 어머니 목소리에 놀라 깨니 아직 어두운 새

벽이었다.

곧 "따르르릉 - 따릉 - " 전화가 울었고

"누님 어머니 운명하셨습니다. 좀 전에. 여기 부평 길병원입니다."

울먹이는 목소리 들은 지 어제만 같은데….

S#7 "제 뒤에 누구시죠? 엄니? 자리 털고 일어나면 바람처럼 구름처럼 다니겠다 하셨는데 여행 한번 못 하고 가셨으니. 딸년은 말짱 헛거 맞네요."

"엄니 - 제가 사막 짓거리 하는 동안 위기 때마다 늠름한 사내로 오셔서 해결해주신 거죠!"

"에이 - 그런 줄도 모르고 난 때때마다 키다리 아저씨가 나타난다 생각했는데… 헤헷" 걸으며 신나게 떠든다.

얼마 안 가 숲길 사이로 바안한 빛(Fade in) 웅성거림(E)

전방의 빛에 비껴나는 비, 빗발들 사이로 차마객잔 벽에

붉은 페인트 글씨의 한자가 시야 속으로 훅 - 들어온다.
"휴 - "(미소, 보일 듯 말 듯)

S#8 유리창 문 안쪽,
흐릿한 조명, 낯익은 얼굴 얼굴들 웃음소리 와글다글 부서지는(E) 식탁이다.
(유리문 바깥) 비, 비, 빗발, 바람 소리.(E)

NAR 몇 개 컷cut을 뇌리의 구석방에 넣고
'장기 기억 M-4'
라벨을 뇌실 문짝에 붙이는 J, (혼자 실실 웃는다)
(F.O)

비. 비. 빗소리, 바람 소리(M***〈배낭 여행자의 노래〉 - 신치림) 선율 속에 잔잔히 녹아든다.

~~~~~~~~~~~~~~~~~~M, 점차 여리게 스러지듯이….
천천히 막이 내린다.

- Fin -

* 톰 오델의 〈Can't Pretend〉.
** 브람스 교향곡 1번 2악장 C단조.
*** 〈배낭 여행자의 노래〉 - 신치림 그 외 대본 기호들.
~~~~~~~~~~~~~~~~~~

윤효

샹그릴라

설산을 한 발 한 발 올려붙이면서도 긴가민가했다.

자꾸 돌부리에 걸렸지만 그러려니 했다.

헉헉 숨통이 차올랐으나 산이 높아 그런 줄 알았다.

결국 벼랑 아래로 고꾸라지고 나서야 어렴풋이 헤아릴 수 있었다.

몇 걸음 너머 거기, 거기였던 것이다.

샹그릴라는 엄격한 입국 심사로 속물의 접근을 막고 있었다.

눈물

눈이 녹으면 물이 된다. 그러니까 눈 녹은 물이 눈물이다.

말장난이 아니다.

운남성雲南省 샹그릴라 가는 길

그 큰 덩치의 설산들이 눈물을 흘리고 있었다.

하염없이 흘러내리고 있었다.

어릴 적 지도에는 티베트란 나라가 있었다.

아시아의 대국이었다.

하필

설산 빙하가 한반도를 닮아 있을 게 뭐람.

백두에서 한라까지 선 채로 꽝꽝 얼어붙어 있는 꼴이라니!

움직이면 쏜다고 그렇게 외쳐댔으니

여태도 그러고 있으니

저렇게 옴짝달싹을 못 할 수밖에.

설산 골짝 만년 빙하가 하필 그 꼴을 하고 있을 게 뭐람.

말아, 다락 같은 말아*

한 발에 다섯 개씩 못을 치고 있었다.

삐져나오면 뽑아내고 다시 박고 있었다.

자지러지고 있었다.

그럴 때마다 망치로 몸통을 내리치고 있었다.

두 나무 사이에 붙들어 매놓고는 그러고 있었다.

설산 아래에서 그러고, 그러고 있었다.

스무 개의 못이 박히고 있었다.

푸나무들도 납작 숨을 죽이고 있었다.

숲 바닥 흥건히 일 마력의 통증이 쌓여가고 있었다.

* 정지용의 시 「말 1」에서 인용.

즐거운 산사태

말들이 다니던 길을 온종일 자동차로 달렸다.

가도 가도 막막한 길이었다.

화물을 가득 실은 트럭들이 띄엄띄엄 지나갈 뿐이었다.

그런 길에서도 차들이 꼬리를 물 때가 있었다.

길게 멈춰 설 때가 있었다.

그러면 이때다 싶어 목을 빼고는 서로 눈인사를 주고받았다.

차에서 내려 이야기를 나누기도 했다.

한껏 허리를 젖히고 흰 구름이 열어준 설산 정수리를 한참이나 우러르기도 했다.

길바닥에 내려앉은 바윗돌을 탓하는 이가 아무도 없었다.

여강고성麗江古城에서

그 간판이 유독 눈에 들어왔다.

그림엽서를 팔고 있었다.

집히는 대로 한 장 사고는 얼른 빠져나왔다.

찬찬히 고를 수가 없었다.

이 한 생도 버거웠으므로 달리 방도가 없었다.

가게 이름이 삼생유신三生有信이었다.

천치天痴

말들이 줄줄이 생똥을 싸는 길을 무릎걸음으로 겨우겨우 올라 가쁜 숨 추스르며 얼핏 보니 산발치 금사강金沙江 붉디붉은 물소리가 벌써 올라와 있었다. 호도협虎跳峽 깎아지른 벼랑을 단숨에 치고 올라와 쿵쾅쿵쾅 온 산을 뒤흔들고 있었다.

그래, 이번에도 내가 졌다.

좀처럼 정곡을 찌르지 못하고 에둘러 변죽만 울려대는 아아, 나의 옹알이여!

이경

유목인의 지도

– 차마고도 1

소금 자루를 지고 넘어간 사람
그곳에 뼈를 묻고
경전을 지고 넘어온 사람
이곳에 혼을 묻었다

손바닥을 꽉 쥐면 어린 말 고삐
팽팽하게 잡아당기는 운명의 말머리
핏속에서 말이 울어 멀리 울어
오늘은 천산북로
흐르는 물에 발을 씻네

강물보다 유장한 피의 노래가
산맥보다 우뚝한 뼈의 기록이
너에게서 흘러와 나에게로 흘러가고

누구의 발바닥인가
희고 가지런한 발가락뼈를 뒤집으면
멀고 아름답고 슬픈 길
유목인의 지도가 거기 있네

높고 멀고 외딴 길

— 차마고도 2

죄짓지 않고
비켜설 수 없는
길이다

원수를 만나지 마라
사랑이면 더

돌아설 수도
한눈팔 수도
없는 외길

위험해서 아름답고
아름다워서
위험한

말똥 한 덩이

– 차마고도 3

손님을 태우고 설산을 넘어야 하는 말에게도
서로 힘을 빌려주는 친구가 있다

벗이여 내 살을 먹고 힘을 내시라
여리고 착한 것들의 힘센 응원이 있다

지치고 힘든 말이 가장 가파른 비탈을 오를 때
채찍과 채찍 사이
거친 숨소리와 숨소리 사이
혓바닥 내밀어

여리고 착한 잎사귀의 귓불을 뜯어 먹고는
뜨끈하게 김이 오르는 말똥 한 덩이
뿌리 위에 뚝 떨어뜨리고 간다

사람이 살고 있더라

– 차마고도 4

신이 산다는 그 산에

밥을 먹어야 사는 사람이 살고 있더라

갑자기 내린 비에

말발굽이 자꾸 미끄러지더라

말고삐를 잡기에 아직 어린 소년이

나를 태우고 험산을 오르느라

짐을 지우기에 너무 늙은 말의 볼을

연거푸 쓰다듬더라

굴뚝에 연기 오르더라

못 읽는 말
– 차마고도 5

설산 오르는 길에 못 읽는 말이 새겨진 천 조각들
펄럭이네

허공 들으라고
허공이 던지는 말

바람 들으라고
바람이 속삭이는 말

새의 다리 같고
뱀의 머리 같고
호랑이의 눈같이 생긴 말들

지는 꽃이 피는 꽃에게 전하는
꽃씨 같은 말들

설산의 말씀

– 차마고도 6

잘 봐두어라
나는 이렇게 무너지는 중이다
무너져 흐르는 중이다

메콩강으로 지중해로
너의 머리 위 구름으로
지나가는 소나기로
모습을 바꾸어가며 너에게
가는 중이다

멀리 와서 힘들게 오르지 마라
그 꼭대기에 나는 없다
너희 가파른 숨의 온기에도
나는 무너져 내린다

오늘 아침 네가 마시는 물 한 잔
그 컵 속에
나는 도착한다

이륙

– 차마고도 7

사랑이라고 하면 안 될까
크고 무거운 쇳덩어리를 날아오르게 하는 이것

천천히 오래 트랙을 도는 망설임도

한 곳에 멈추어 잠깐 딴 곳을 보는 심호흡도

느닷없이 지축을 흔들며
지구로부터 발을 떼어버리는 팽창도

솜사탕처럼 달라붙는 구름도
천둥 번개의 뒤척임도
앞과 뒤를 자르며 순간과 영원이 뒤섞이는 속도도

이 비행이 지금까지 가본 적 없는
황량한 벌판에 우리를 내려놓을 것을 안다

이륙보다 착륙이 더 어려우리란 것도

이경철

노숙의 꿈

회사원들 구름처럼 모여들어 담배 피우는 빌딩숲 공터 공항버스 타러 가다 한 대 빼어 무니 구석에 쪼그린 노숙자 내미는 벌건 손 커다란 배낭 안쓰러운 몰골에 밴 혈육의 정 몇 개비 건네며 문득, 나 또한 노숙의 족속임을.

오늘은 어느 항구 내일은 어느 노을 아래 노숙 꿈꾸던 질풍노도 시절 열정과 그리움 막무가내로 쿵쾅거렸는데…… 애먼 설렘도 없이 샹그릴라 있다는 중국 운남성雲南省 가는 이 몰골 갈바람에 쓸리는 낙엽처럼 스산하다.

눈 감고 누우면 어릴 적 떠나온 고향 호수 언저리 잔잔하게 펼쳐지고 피어오르는 물안개 속 고요히 나는 물잠자리 날개 연보랏빛 엄마 치맛자락 잡으려다 슬며시 잠 속으로 빠져드는 비몽사몽간 가없는 꿈길.

저 떠도는 흰 구름 남쪽 끝 고향 샹그릴라 설산이 에둘러 품은 하늘 아래 첫 세상 만년설 흘러들어 바다처럼 펼친 나파해 호수 물안개 사이사이 소와 말과 양 게으르게 노닐고 이름 없는 야생화들 뭐라 뭐라 조잘대며 한들거리는 호숫가 목동의 피리 소리 들리고 물잠자리 나직이 날 듯도 한데…….

눅눅한 습기 냉랭하고 소똥 말똥 냄새 역겹다 호숫가 노숙 접고 시내 호텔에 몸을 누인 이 가여운 노숙의 꿈이여! 꿈과 현실 사이를 나는 물잠자리 날개 촘촘히 뚫린 연보랏빛 허망이여!

차마고도 하이웨이

도로와 하늘
구름과 강
바람과 나
경계 없다
나부끼는 천척 벼랑길 오방색 깃발 진언眞言

핸들 꽉 부여잡고 무한 속도로 삶과 죽음 경계를 달리는
차마고도 하이웨이

비와 햇살
경계 없는 허공에
여우비 내리고
먼 소식처럼
무지개 뜬다.

려강麗江

곱다.
하늘도
하늘 받든 설산도
만년설산서 흘러내리는
산과 눈과 하늘의 눈부신 속살
나시족 옛 마을 감싸 도는 물길도 곱다.

꿈꾸는가.
저 물길 휘휘 드리운 버드나무 아래
문명의 속도에 지친 나그네여
물의 현신現身 버드나무 낭창낭창한 허리
그 어디쯤서
꿈을 꾸는가.

오방색 원색 옷 입고 나부끼며
버드나무 광장에 모여 춤추는 나시족 아낙들
두 발 두 팔 가는 허리로
하늘과 땅과 어우러지는 춤사위
죄 없이 곱다.

5
WU JIAO

호도협虎跳峽

금사강金沙江 상류 호도협
호랑이가 뛰어 건너는 깎아지른 협곡
골골마다 폭포수 수직으로 떨어지는
깎아지른 산 높고 장하다.

여행객 태운 말방울 소리에
차마고도 옛 산길 점점 더 가팔라지고
수천 척 낭떠러지에 질겁하는 길가
화들짝 야생화들 피어나
나비들 하늘하늘 나는
중중무진 어느 굽이굽이에서
호젓이 호접몽을 꿀거나.

아서라,
높은 산에 막힌 안개구름
폭포 되어 떨어지고
만년설 사태에 끊긴 길
백척간두 아스라한 한 걸음 한 걸음
호도협은 호랑이들 산이요
산들의 산인 것을.

동파문東巴文 상형문자

맨발 탁발로 천하 누비며 설법하던 석가모니
영취산 대중 앞에선 말없이 내민 연꽃 한 송이
벌 나비 모여들어 화엄 세상 펼친다

이심전심인가
침묵의 그 자세 그 꽃 한 송이
나시족 담벼락에 동파문 상형문자로 새겨 있다

삼라만상 생긴 대로 내력 스스로 말하는
하늘과 땅과 물과 불과 바람의 글자들
사랑과 그리움 몸서리치게 감전하는
피뢰침 머리에 꽂은 글자 속 사람들

시인아,
오랜 그리움과 직관의 찰나 아로새긴 동파문
한 글자,
한 이미지,
오랜 침묵 -
담벼락에 막힌 시인아.

이상문

바람의 노래

시간이 물처럼 2천 년 넘어 흐르면서
사람들을 불러 길을 낸다
1천3백 리 길
그 길에 모여든 것이 고작
낡고 해진 세월이다
흙먼지 휘몰아가는 바람이다

시간은 알고 있었다
사람은
어떻게든 제 숨을 지키려 든다는 것
기어이 핏줄을 남기려 한다는 것을

바람이 목 놓아 시간의 속셈을 노래한들
영리한 사람들이 못 들은 척한다는 것을 끝내
고된 노역도 마다하지 못한다는 것을

산다는 일

해발 5천 미터도, 6천 미터도 넘는 설산들이다.
새라도 무심히 앉았다가는
돌멩이들에 밀려 바닥 모를 협곡으로,
사람들과 말들이 몇 날 며칠
죽어라 올라온 길을
굴러떨어지고 말 것이다.

등이 휘도록 짐을 실은 말들이 등성이들을 더듬어 앞으로 간다
휘적휘적 간다. 어디로 가는지도 모르고
왜 가는지는 더욱 모른다.
숨을 모아 기운을 모아 가다
풀잎 두어 장 뜯어 먹고 간다.

앞에 목이 끊어져라 고삐 잡은 사람
뒤에 사정없이 치도곤 먹이는 사람이 있다.
그것은 말들이 사는 일이다.
등에 사람이라도 짐으로 싣지 않는다면 말이 사는 일이 아니다.

그 길

그 길을 가보았네
말똥 구르고 사람 똥 깔린 길
말 타고 갔으니 호사했네.

궂은비 내리는 차마객잔 처마 밑
얼큰해져서 바라본 그 길은
축 늘어진 수양버들 가지가지에
걸려 있었네

그 길 너머로 아득히 보이는 것
겨우 잠든 아이 등에서 풀어 눕히고
산가 문턱에 잘 놓아둔
엄마 등에 아이 묶어 업었던
두어 발 길이의 무명 띠였다네.

가을바람에 훅 날아간 그것이
잎이 다 진 가죽나무 가지들에
야실야실 걸려 있었다네
엄마 모습 그렇게 걸려 있었다네

雨崩村
Yubeng Village
德钦县城
Deqin County

매리설산의 산문

무려 해발 6740미터라는 설산을 다 오를 능력들은 없고, 4천 미터까지 플라스틱제 계단 만들어놓았으니 그것을 밟아 올랐습니다. 아주 오래전에 폭포가 얼어붙어 빙벽이 된 그곳까지. 그러니까 산을 오른 것이 아니고 계단을 오른 것입니다.

오르기 전에 들은 말은 한 가지뿐이었습니다. 저어기 골짜기 끝에 희게 보이는 것이 올라가서 보면 '한반도 모양'이라는 것. 그것들을 두고 시인들이 옥돌이 쌓여 있을 것이라고 할 때, 소설가는 10월이 되도록 녹지 않은 지난겨울 눈일 거라고 했습니다. 2만 계단을 다 올라가 보곤 시인들의 예지력이 화려하다는 것, 소설가의 상상력이 원초적이라는 사실을 깨달았습니다. 옥도 눈도 아닌 빙벽이었으니까요.

한반도 모양이라는 말은 맞았습니다. 그런데 왠지 기괴하다는 느낌이 드는 것은 어쩔 수 없었습니다. 정상을 향해 하얗게 솟구치는 능선에서, 두 산등성이로 갈라져 내리는 그곳을, 골짜기가 시작되는 바로 그곳을 막고 선 천길 빙벽은, 꼭 병든 노인의 때 낀 샅걸레(천 기저귀) 같았으니까요. 빙벽의 저 밑구녕에서 솟구쳐, 내를 이루고 흐르는 물은 사나왔습니다. 마치 땅거미가 성급히 내려앉은 듯한 물빛 때문에 더욱 그렇게 보였을 것입니다. 맞은편 산등성이로 눈을 들어 올리는 순간, 그 눈길마저 굴러 내리는 바윗덩어리들에 깔려 찢기는 것 같았습니다. 그러고 보니 올라오는 동안 점점 커지던 우르릉 쾅쾅 우르르르 쿵쿵 하던 소리의 정체가 거기에 있었습니다. 이어지는 작은 산사태로 등성이는 자꾸자꾸 찢겨나가고, 또 골짜기는 그렇게 울어댔던 것입니다.

올라오면서 보았던 울울창창한 삼나무 숲은 어찌 된 것이었던가요. 그것은 이쪽 등성이만의 '장치 같은 경치'였을 뿐이었습니다. 한쪽에는 나무와 풀이 무성하고 새끼손톱만 한 빨간 넌출월귤 꽃들이 햇살을 찾아 피었는데, 잇따라 무너져 내리고 바위들이 굴러떨어지면서 소리 지르는 저쪽은 어째서인가요? 저러다가 언젠가 그 등성이를 짓누르고 있는 하늘까지 무너져 버릴 것 같은 위태로움. 그리고 황폐함, 절망감. 그곳에서 거뭇거뭇 움직이는 것들이 있었습니다. 자세히 보니 산양임에 틀림없었습니다. 세 마리이다가 다섯 마리가 되기도 했습니다. 그곳의 희망이 될까요. 그곳이 그것들의 절망이 될까 걱정이었습니다.

소설가는 종잡을 수가 없습니다. 제 안에서도 무너져 내리는 소리가 들리는 듯합니다. 벌써부터 속에서 어디쯤인지 모르게 무너져 내리고 있었는데 비로소 그 소리를 들은 듯하기도 합니다. 무심코 제 속을 깊이 들여다봅니다. 벌써

생채기투성이입니다.

내려오는 길에 시인들과 소설가는 함께 토굴 속의 불상들을 봅니다. 올랐던 길의 중간쯤 되는 곳에, 그동안 내려앉은 온갖 홍진에 다 묻혀가는 듯한 암자가 있었습니다. 안에는 1위안짜리 5위안짜리들이 함부로 쌓여 있어서 불쏘시개로나 쓰면 좋을 듯싶었습니다. 모기가 생명이라면 그것들도 돈일 텐데, 소설가의 눈에는 그렇게만 보였습니다. 한 달은 넘게 씻지 않았을 것이 분명한 두 스님. 문득 아까 올라오던 길에 제법 잘 차려입은 가족으로 보이는 사람들을 몇 차례 지나쳤는데, 가는 곳이 이곳이었구나 해졌습니다. 그 사람들의 한결같이 밝은 얼굴들이 스님들의 불씨 같은 눈빛과 겹쳐집니다. 밑에까지 다 내려오는 동안에도 몇 번이나 그런 밝은 얼굴들을 만납니다.

시인들은 소설가보다 더 자연 친화적입니다. 내려오는 어디쯤에서 플라스틱제 나무 계단을 벗어나 기어이 옛길을 밟아 내려갔습니다. 사실은 소설가도 그러고 싶었지만 참아냈습니다. 안에서 들리는 우르릉 쾅쾅 우르르 쿵쿵, 바위들이 굴러 내리는 소리 때문에 두려웠습니다.

계단을 다 내려와서 모두들 편한 자세로 숨을 돌리고 있을 때 놀랄 일이 일어났습니다. 계단이 생기기 전까지 등에 사람을 태우고 그 암자의 마당까지 오르내렸을 말들이, 지금도 구태여 그리하겠다 원하는 손님을 기다리고 있는 말들이, 발굽들에 덧댄 편자를 바꿔 끼우는 광경이 눈앞에서

펼쳐졌습니다. 생전 처음 보는 사람들이 거의 다였을 것입니다. 하지만 소설가는 1960년대 초에 읍내 중학교 다니던 기간에 가끔 보았던 일이었습니다.

일이 줄어들었다고 방심하지 마라! 주인 사내는 이렇게 다섯 마리 말들을 다그쳐서 각오를 다지게 할 양인 것 같았습니다. 말고삐를 바짝 당겨서 커다란 삼나무에 단단히 묶은 뒤, 네 다리 가운데 앞다리 하나부터 말 등을 둘러 내린 밧줄로 발목을 묶어 끌어 올립니다. 먼저 그동안 닳아버린 편자를 떼어내야 합니다. 편자는 사각 쇠못을 다섯 개나 박아 한사코 단단히 발굽에 붙여놓았습니다. 말이 어디를 걷든 앞뒤 양옆으로 밀리지 않게 하기 위해 사각 못을 쓰는 것이랍니다. 벌써부터 말은 온몸으로 버둥거립니다. 남은 세 발을 들었다 놨다, 줄에 묶인 한 발을 흔들어댑니다. 주인 사내는 침착하게 못을 하나하나 뽑아냅니다. 그때마다 말은 죽을힘을 다해 버둥거리며 울어댑니다.

편자를 떼어낸 발굽은 그동안 1센티미터쯤 자라 있습니다. 순전히 편자 덕에 닳지 않은 것입니다. 그때부터 말은 제 모순된 삶 때문에 다시 한 차례 아픔을 견뎌야 합니다. 주인 사내는 말 다리를 힘주어 잡고서 낫처럼 날이 안으로 굽은 칼로 발굽을 깎아낸 뒤에, 그 자리에 새 편자를 대고 길이 3센티미터쯤의 못을 칩니다. 하나, 둘, 셋, 넷. 못 끝이 방향을 잘못 잡아 발굽 밖으로 나온다 해도 그나마 괜찮은 편입니다. 자칫했다가는 얼마든지 발굽 중심의 살과 뼈로 파고들 수도 있습니다.

설혹 보기에 별일 없이 네 발굽의 편자를 다 갈았다 해도, 말들은 어쩔 수 없이 발을 절뚝거리기 마련입니다. 내 옆에 앉아 있던 시인이 말했습니다. 저것을 보고 있으면 누구나 말들만 측은하게 여깁니다. 일이 줄어들어 일자리를 잃어가는 사람들 편이 되지 않습니다. 결국은 사람만 불쌍하게 되는 거지요. 산다는 게 뭔지.

소설가도 말합니다. 계단을 만들어놓은 것도 그렇지요. 산이 아닌 계단을 좋아하는 사람들을 끌어모으자는 것이지요. 그래야 관광 수입이 더 늘어나니까요. ……결국 말들은 간데없고 사람들과 사람들이 싸우는 것이지요.

이정

개뿔, 샹그릴라

고난의 행군

"어엇!"

네 앞에서 가던 영재 형이 다급히 소리쳤다. 형의 몸에 가려서 너는 앞의 상황을 알 수 없었다. 방금 전까지 효 형이 몇 걸음 앞 돌부리 위에 서서 영재 형과 너를 기다리고 있었다. 영재 형이 내달렸다. 형이 허리를 굽히자 돌부리를 힘겹게 부여잡은 효 형의 윗몸이 보였다. 길 아래 낭떠러지로 미끄러졌던가 보았다. 너도 달려갔다. 영재 형을 도와 효 형을 끌어 올렸다. 가까스로 길 위로 올라온 효 형은 다리를 쩍 벌리고 풀숲에 널브러졌다. 그저 너희를 멍하니 바라보았다. 방금 있었던 일이 전혀 실감 나지 않는 듯했다. 어쩌면 무슨 일이 일어났는지조차 까맣게 모르는가 보았다. 고산증은 무기력증을 동반한다고 했던가. 너는 배낭에서 생수병을 꺼내 디밀었다. 너 역시 그것 말고는 딱히 해야 할 일이 생각나지 않았다.

너는 효 형이 방금 기어 올라온 돌부리 아래를 내려다보았다. 수풀에 가려진 주상절리가 까마득한 절벽을 이뤘다. 절벽을 좀 벗어난 곳에 도사린 뱀의 모습을 한 누런 진사강

金沙江이 흘렀다. 강 너머에는 위룽설산玉龍雪山이 시야를 가렸다. 여기가 지구의 끝이라고 불한당이 팔을 벌려 막아선 모양새였다.

"진사강에 뛰어내리면 3년쯤 뒤에나 동지나해에서 시신을 건질 수 있어요."

여행사 조 사장이 한 말을 너는 떠올렸다. 말을 타고 오던 지헌 형은 나시객잔納西客棧을 막 벗어난 이 차마고도茶馬古道 초입에서 낙마했다는 소식을 아까 휴식 참에 들었다. 어제는 일연 형이 고도 4천 미터가 넘는 도로를 지나오던 중 허리춤을 붙잡고 황급히 포도밭 안으로 뛰어 들어가는 것을 보았다. 말 그대로 너희 일행은 고난의 행군을 이어가고 있었다.

"정신 바짝 차려요. 죽기 좋은 땅이라고 해서 죽으려 들지 말고."

너는 정색을 하고 효 형을 핀잔했다.

"이상향으로 가는 길이 녹록할 리 없지."

효 형이 풋, 빈 웃음을 머금는 사이 영재 형이 말을 받았다. 이 길이 곧장 샹그릴라로 이어지는 건 아니었다. 하지만 여정은 며칠 뒤 샹그릴라에서 정점을 찍고 끝난다. 생수를 한 모금 마신 효 형이 일어났다. 물에서 나온 짐승처럼 몸을 부르르 떨더니 다시 걸었다. 영재 형과 너는 갈림길에 있는 바위에 빨간 페인트로 표시한 화살표를 보면서 효 형을 뒤따랐다. 그게 효 형의 안전을 위해서 낫겠다고 판단했다.

너는 샹그릴라라는 이상향이 처음 등장하는 제임스 힐턴의 소설 「잃어버린 지평선」의 구절들을 기억해냈다. 샹그릴라에는 허위의 감정을 갖지 못하게 하는 그 무엇이 있었다고 힐턴은 썼다. 거기 사는 라마승들은 모두 평온한 지성을 가졌다. 그것이 겸손하고 잘 조화된 의견으로 흘러나왔다. 만약 어느 의견이 반드시 옳고, 어느 의견이 반드시 그릇되었다는 말을 들었다면 그들은 충격을 받았을 것이다. 그곳은 시간과 죽음에서 보호되는 생명의 본향만 같았다.

너희가 찾아가는 샹그릴라가 과연 그런 곳일까? 아니었다. 중국 정부가 관광객을 유치하기 위해 최근에 소설 속의 지명을 따 붙인 곳에 지나지 않았다. 그래도 너희는 무슨 대단한 안식을 얻을 것처럼, 일상의 고민을 다 해소시킬 마력이라도 있는 것처럼, 그래서 그곳에 가보는 것을 평생 소원한 것처럼 여정을 이어가는 중이었다.

효 형에게 죽기 좋은 땅이라는 표현을 쓴 게 너는 마음에 걸렸다. 이렇게 걷다가 삶이 다하는 순간이 오면 아무 데고 자신의 무덤 자리가 되었으면 좋겠다고 여길 만한 오지인 것은 사실이었다. 네 내부의 무엇과 부지불식간에 결부된 말인 것 같아서 너는 스스로를 비겁하게 여겼다.

어느새 너는 두 사람에게 뒤처졌다. 숨이 가빴다. 흉통까지 느껴졌다. 소나무 아래 바위에 주저앉았다. 너는 급성심근경색증을 앓은 적이 있다. 심장근육의 4분의 1이 죽었다.

심혈관에 두 개의 스텐트를 박았다. 일행에게 내색하지 않았지만, 내심 걱정을 돋우는 중이었다. 남편이 약사라는 지헌 형이 나눠준 비아그라를 이미 먹었다. 사실인지는 모르지만, 고산증에 좋다며 조 사장이 준 송이도 먹었다. 조 사장은 이곳에 송이가 흔하다며 그것으로 틈틈이 주전부리를 했다. 약효가 있어서 이 정도일까? 아예 약효가 없는 것일까? 너희가 걷기로 한 차마고도의 10킬로 구간 중 아마 절반을 좀 넘게 지나온 것 같았다. 너희는 3500미터 안팎의 고지에서 진사강을 바라보며 협소한 오르막길을 타고 왔다. 말들조차 산똥을 갈기며 오르는 험로였다.

"그 옛날 윈난성, 쓰촨성 일대의 차와 티베트의 말을 교환하는 이 교역로의 어떤 구간은 말들이 서로 교행하지 못할 정도로 비좁았대. 그래서 몸집이 작은 한편의 말을 낭떠러지에 떨어뜨리고 교행했대."

영재 형이 들려준 말이었다. 너희 일행은 네게 말을 타고 갈 것을 권했다. 하지만 너는 말을 타지 않았다. 걸어서 완주를 하겠다고 굳게 맘먹었다. 세계 3대 트레킹 코스라는 말에 현혹된 때문은 아니었다. 한 번쯤 자신을 고되게 단련할 필요를 너는 절감하고 있었다.

너는 포켓에서 휴대전화기를 꺼내 메시지 앱을 눌렀다. 머릿속에 매미가 한 백 마리쯤 들어 있는 것처럼 웽웽 들끓던 생각을 입력하기 시작했다.

당신은 내게서 나는 담배 냄새가 역겹다고 했어. 그러나 역겨운 건 담배 냄새가 아니라 나 자신인지도 몰라. 당신은 내가 잘 훈련된 병사처럼 늘 당신 앞에 단정히 있어야 안심하는 사람이야. 안 그래? 당신이 나를 대하는 걸 보면 내가 세상의 머저리 중 머저리인 것만 같아. 그런데도 당신은 나와 가족의 노예였다고 말했지.

거기까지 검지를 놀려 입력했을 때 네 머릿속에서 매미 소리가 더욱 요란해졌다. 잠잠하던 놈들까지 다 깨어난 듯했다. 속에서 스멀거리던 흡연 욕구 또한 더욱 거세졌다. 담배 이야기를 꺼낸 까닭이었다. 하지만 너는 담배와 라이터를 객잔에 놔두고 왔다. 그때의 결심은 굳셌다. 너는 발치께로 삐죽 나온 에델바이스 이파리들을 우악스레 뜯었다. 그걸 앞에다 내동댕이쳤다.

결국 나는 당신을 변화시킬 수 없다면 내가 변하려고 줄기차게 노력했지. 물론 금연은 언제나 실패했지만, 남자로서 절대 못 할 것 같던 설거지, 청소, 세탁 따위의 일을 지금은 당연한 듯 하게 됐어. 그럼에도 당신은 시간이 지나면 현미경을 들이대듯 용케도 담배 냄새 같은, 당장 고칠 수 없는 내 단점을 다시 찾아내서 나를 무참하게 공격했어. 그런 식이라면 내 친구들은 벌써 다 이혼당했어야 하지 않았을까?

제발 당신도 자신 탓도 있지, 라고 생각해줘. 어서 집으로 돌아와. 돌아오는 시간이 더디면 더딜수록 돌아오기가 어려워질 거야.

네 귀에 기척이 잡혔다. 숲길을 헤치며 일행의 일부가 다가오고 있었다. 그들 또한 악착같이 걸어오고 있었다.

"다른 사람은 몰라도 경 형은 말을 타세요. 우리들 걱정시키지 말고."

너는 뒤에서 헉헉대고 오는 경 형에게 괜한 참견을 했다. 그녀는 멈추지도 않고, 대꾸하지도 않고 너를 지나쳤다.

"당신이나 말을 타지. 사막의 여전사 추인 형도, 홍틀러 사성 형도 말을 탔어."

정열 형이 걱정스럽게 너를 바라보았다.

"그 양반들은 해가 바뀔수록 몸이 달라지는 게 아니라, 달이 바뀔수록 달라지는 형편인가 봐."

네가 흰소리를 했다. 일행이 모두 너를 앞질러 갔다. 정열 형의 제안을 받아들이지 않은 후회가 밀려왔다.

"5천만 원짜리 문학상은 언제 받아 오는 겨?"

집을 나가기 전 아내가 네게 한 말이었다. 네 모든 잘못이 그것으로 다 용서될 것처럼 아내는 목돈을 기다려왔다. 너는 종종 가능성이 조금 있을 뿐인 일을 곧 일어날 일인 것처럼 미리 말해서 아내를 기쁘게 하려는 시도를 하곤 했다.

"받을 거야. 받는다구. 올해가 가기 전에는."

너는 무엇이 딱 하나 부족해서 못 받았다는 듯, 무척 억

울하다는 듯 대답했다.

너는 메시지의 전송 버튼을 눌렀다. 지구의 끝인 듯한 오지인데도 휴대전화기의 신호가 잡혔다. 엉덩이를 털며 일어났다. 기어코 완주하고야 말겠다는 결심을 다시 새기면서.

개조의 시간

산을 오를수록 아스라이 보이는 계곡의 폭이 되레 넓어졌다. 아무리 귀를 기울여도 줄기차게 따라오던 물소리가 더는 들리지 않는 걸 너는 문득 깨달았다. 주위를 둘러보았다. 나쁜 짓 하다가 딱 걸린 놈처럼 퍼런 낭떠러지를 만들며 흐름이 음흉하게 멈춰 있었다.

"와, 빙하야! 한여름에 빙하를 보다니."

"계절이 고도로 구분되는군."

"3천 고지를 넘었으니까."

"저 빙하 단면 좀 봐. 아이스블루로 물든, 아주 아름다운 주상절리 같아."

데크로 만든 등산로의 난간에 멈춰 선 일행이 한마디씩 감탄사를 쏟아냈다. 너희는 저 아래서부터 침엽수림과 구름 사이로 하얗게 반짝이는 경사면을 바라보면서 올라왔다. 조 사장은 그것이 빙하라고 했다. 이미 예측하고 있었을지라도 현실로 닥쳤을 때의 감동이 뭉클뭉클 솟는가 보았다.

빙하를 거쳐 온 냉기가 패딩 점퍼를 뚫고 네 가슴으로 파고들었다. 너는 숨을 고르며 긴 줄에 만국기 모양으로 매달린 룽다(라마불교의 기도용 깃발)들이 펄럭이는 난간에 기대었다. 머리 위에서 물주머니가 터진 듯 피로가 온몸을 적셔왔다. 심장에서 이는 뻐근한 통증이 어제보다 많이 커졌다. 예리한 유리 조각들이 박힌 듯 아팠다. 가슴을 오므리며 진정될지 가늠해보았지만, 가라앉지 않았다. 너는 난간에 철퍼덕 주저앉았다. 어제 차마고도 산행의 마지막 구간에서 너는 어쩔 수 없이 말을 탔다. 기어코 두 발로 완주한 지언 형은 머리가 아프다고 식사를 거른 채 밤새 앓았다. 교회에서 무슨 직분을 가졌다는 도선 형은 기도를 하면서 억지로 고통을 추슬렀다고 했다. 예상과 달리 경 형은 아무렇지도 않았다.

“여기서 멈추려는 건 아니겠지?”

경철 형이 네게 물었다.

“저 위는 신이 인간의 발자국을 허용하지 않는 영역이래요.”

아까 등산을 시작하기 전 너는 빙수이객잔氷水客棧에서 현지 좡족壯族 청년과 필담을 섞어 대화를 나눴다. 청년은 6700미터가 넘는 메이리설산梅里雪山 정상에 오른 사람은 지금까지 아무도 없다고 누누이 강조했다. 설산을 신성시

했다.

"쓰잘데기없는 소리 마. 우리는 관광객의 영역까지만 가는 거야. 어서 일어나."

경철 형이 걸음을 옮겼다.

"고산증 환자는 여기까지래요, 쓰팔."

너는 자조적으로 대꾸했다. 말품을 팔아보았자 자신만 더 피곤해진다는 걸 아는 형은 더는 권하지 않았다. 너는 연거푸 심호흡을 했지만, 숨이 안정되지 않았다. 오늘은 기필코 남들 가는 데까지는 가려고 했는데……. 다 나보다 나이 많은 노털들인데……. 무엇이든 하나라도 말끔하게 성취해내야 다음 일에도 자신이 붙을 텐데……. 네가 가지고 있던 성취감, 희망, 행복, 그런 것들에 대한 자신감이 와장창 무너졌음을 너는 통감했다.

쿠릉쿠릉 꽝꽝꽝.

너는 별안간 산중을 울리는 굉음을 들었다. 굉음이 기슭과 기슭에 부딪혀서 긴 메아리를 이어갔다. 고개를 번쩍 치켜들었다. 계곡 건너 가파른 능선에서 자욱한 먼지를 날리며 바위들이 수백 미터 아래로 굴러 내렸다. 흡사 포탄이 쏟아지는 전장 속 같았다. 그런 광경이 긴 시간 이어졌다. 신이 자신이 창조한 천지를 개조하는 현장을 목도하는 기분을 너는 느꼈다. 혼돈에 질서를, 반목에 소통을, 파괴에 복구를……? 개뿔. 질서는 무슨 질서. 그래. 마구 부숴라. 때려 부숴라. 너는 속으로 외쳤다.

너희가 탄 지프들은 메이리설산이 있는 더친을 떠나 4천 미터가 넘는 바이마설산白馬雪山의 옆구리를 돌고 돌았다. 중국에서 가장 고지대에 있는 산악도로 중 하나를 지나는 중이었다. 오른쪽 아래 분지에는 백색의 벽과 주황색의 처마를 가진 라마사원을 둘러싸고 작은 마을이 형성돼 있었다. 오늘 저녁엔 너희 마음속의 목적지 샹그릴라에 도착한다.

"어제저녁엔 왜 노천탕에 가다가 돌아왔지?"

네 등 뒤에서 여류 시인들이 수다를 떨었다. 어제 너희는 피로를 풀기 위해 수영복을 싸 들고 온천으로 향했었다. 모두 기다리던 시간이었다. 방목한 돼지와 염소가 집으로 돌아오는 도로를 30분쯤 달렸을까? 지프가 간 길을 거슬러 오고 있다는 걸 깨달았다. 길가 라마사원에서 장족 복장을 한 주민들이 탑돌이를 하고 있었는데, 그 광경을 다시 보게 된 것이다. 잠시 아우성이 일었다. 길도 모르면서 가자고 했다고 여행사 조 사장을 씹었다.

"그게 아니야. 앞 차에 탔던 상철 형이 그만 가자고 했대. 당신 맘대로. 개천에 흙이 섞인 눈석임물이 흐르는 걸 보고서 온천물도 보나 마나라고 했대."

"아휴. 다녀온 다른 팀 사람들은 아주 좋았다고 하던데."

객잔으로 돌아온 너희는 대신 객잔의 식당을 차지해 상

철, 미레 형이 주동이 된 술판을 벌였다.

"누구 비닐봉지 갖고 있어요?"

수다를 가르는 금용 형의 목소리가 들렸다. 혹 경 형에게 문제가 생긴 것이 아닐까? 경 형은 금용 형의 대각선 자리에 앉아 있었다.

"차 좀 세우라고 해요!"

아니나 다를까 경 형의 외마디 소리가 잇따랐다. 지프가 급히 왕복 2차선 도로의 갓길로 붙어 섰다. 와르륵 문이 열렸다. 금용 형이 경 형을 부축해서 내렸다.

"남자는 내리지 마! 으윽……."

경 형이 와중에도 남자를 의식했다. 너는 따라 내리려고 붙잡고 있던 손잡이에 힘을 가하다가 풀었다.

"뒤도 돌아보지 말고."

금용 형이 보고 싶으면 보라고 말하는 것처럼 웃으며 덧붙였다.

"어제 내가 말을 타고 가라 하니까 끝내 그냥 걷더니……. 이상향을 찾아간답시고 사람이 먼저 죽겠네. 비아그라를 먹었으면 옆 남자를 잡아야지, 왜 자기를 잡아."

너는 볼멘소리를 했다. 너 역시 가슴 통증이 여전했다. 혀 밑에 넣는 구급약을 호주머니에서 꺼낼까 망설이던 중이었다. 몇 알 안 되는 약을 먹으면 정작 더 큰 통증이 왔을 때 대처할 방법이 없다. 문이 한 번 더 열렸다가 닫혔다. 지프 안에서 밖으로 휴지가 전달되는가 보았다.

한참을 서 있던 지프가 출발했다. 여류 시인들의 수다가 이어졌다.

노란 완장을 찬 아줌마가 도로에 나타났다. 급할 것 없다는 듯 붉은 기를 천천히 들어 올렸다. 허리춤에는 아들로 보이는 코흘리개 꼬마가 매달렸다. 지프가 다시 멈췄다. 따라오던 일행의 지프들도 줄줄이 서는 것이 사이드미러에 비쳤다.

"심심하니까 완장의 위세를 과시하나?"

네가 투덜거렸다. 그때 너희 지프 앞 10미터도 떨어지지 않은 곳으로 큰 바위가 굴러떨어졌다. 바위는 쿵쾅거리며 도로를 건너뛰어 고랑에 처박혔다. 아줌마는 그만한 것에 뭘 놀라느냐고 슬며시 웃었다. 안도의 한숨이 새어 나온 것과 동시에 네 가슴속에서 유리 조각들이 와글와글 움직였다. 이제 안 되겠다 싶어 너는 얼른 구급약을 꺼내 혀 밑에 넣었다.

현이 없어도 세상에서 가장 아름다운 소리를 내는 악기라고 중국인들답게 뻥을 치는 얼하이洱海 호수를 지났다. 저만큼 석양을 머금은 도시가 보였다.

"아! 샹그릴라야."

충분히 감탄할 준비가 된 여류 시인들이 탄성을 질렀다.

개뿔

어둠이 내렸다. 도심에 있는 라마사원이 휘황찬란한 빛을 뿜어냈다. 하지만 객잔을 찾아 움직이는 지프 안에서 네가 본 도시는 여느 중국 도시와 다르지 않았다. 도시 설계자의 매너리즘과 권력자의 교만이 합작한 신도시일 뿐이었다. 힐턴의 상상력이 만든 샹그릴라에서 너는 아무렴 그럴 리야, 여기면서 이것저것 환상을 이미 제했다. 막상 도착하고 사람들 말을 들으니 제하고 남은 한 가닥 기대조차 허공으로 날아갔다.

하늘은 다를까? 지프에서 내려 별을 바라보는 네게 먼저 도착한 상문 형이 다가왔다.

"달이나 별들은 까마득히 멀리 있지만, 밤에만 보이지. 우리네 삶에도 밤이 닥쳤을 때에야 보이는 부분이 있어."

상문 형이 네 어깨를 감싸며 말했다. 여정 내내 너를 보면서 깊이 생각한 끝에 건넨 말 같았다.

"무슨 말씀을 하고 싶으세요?"

"은행에 가서 현금 인출을 하려니까 내 비자카드나 마스터카드는 안 돼. 중국 카드만 된대. 샹그릴라가 결국 이런 곳이네."

형은 대답을 얼버무렸다. 후배의 사적 영역을 침범하는 실례를 범하고 싶지 않은가 보았다.

"저는요, 밤하늘을 아름답게 수놓던 별똥별이 하필 제 정수리로 떨어진 기분이 든단 말이에요, 지금."

아내가 돌아오지 않으면? 이젠 아내의 선의를 믿으면서 가만히 기다려서는 안 될 시기 아닐까? 너는 생각했다.

"그래서 말인데요. 어젯밤 술자리서 드린 말씀 진담이에요."

너는 가슴에서 걷어내지 못한 말을 비로소 꺼냈다. 형은 한국을 대표하는 문학 단체의 대표를 지냈다. 형이 너를 빤히 바라보았다. 어젯밤 일행이 나눈 수많은 오락용 대화 중에서 네가 한 말이 뭐였는지 더듬는 눈치였다.

"상 얘기니?"

너는 계면쩍어서 대답하지 않았다.

"조금만 더 잘 써봐. 그러면 상이 저절로 굴러와."

너는 형의 팔 안에서 몸을 빼냈다.

"지금도 잘 쓰지만 상을 받으면 더 잘 쓸 수 있어요."

"제발 정신 좀 차려라. 라면에 송이를 다섯 개씩이나 넣어 먹더니 간뎅이가 부었니?"

형이 네 등짝을 퍽 소리가 나게 때렸다.

이런 꿈
저런 꿈
날마다 꾸지만

허위단심

찾아가 봐야
별것도 없네

헛꿈만
꾸지 않으면
여기가 바로 그곳
- 홍사성 시조「샹그릴라」전문

만약 아내가 돌아오면? 까닭 없이 멀어졌던 옛 친구와 우연히 마주치듯 그렇게 웃어주어야겠다고 너는 맘먹었다. 하지만 정말 돌아올까?

최도선

비의 행로

합파산 해발 2980m,
설산에 내리는 비는 수직으로 떨어지지 않는다
비껴 내린다 수정체의 눈매가 매섭다
그러나 모든 나무와 바위와 풀들의 가슴팍을 후려치지 않는다
미끄러지듯 흘러내린다
나도 빙과인 듯 받아 핥는다

조랑말들은 더 많은 비를 맞으며 늙어가고 있다
비는 말갈기를 차분히 뉘어놓고 등짐의 안부를 묻는다
대답 대신 가파른 벼랑에 서서 창자가 빠지도록 똥을 싼다

희박한 산소를 아끼며 고도를 향해가는 나, 내린 빗물에 미끄러질 듯
물수제비 날 듯 발걸음을 재촉하며 무겁게 뜬다

비스듬히 내리는 비, 앞서간 말들이 설산을 걷게 한다
걷게 하기 위해 비는 계속 내린다

아주 오래전 먼저 내린 비는 빙벽을 이뤘다

마방의 길

붕새가 씨앗 하나 물고 날아가네
날다가 쌍무지개 부리에 휘감겨져
씨앗을 떨어뜨렸더니 그게 자라 산이 됐네

서쪽으로 100리를 가면 합파산이 나오는데
산 위에 금과 옥이 많다 하여 사람들이 몰리지
산길에 말똥이 깔려 발 디딜 곳 없다네

다시 서남 100리를 가면 옥룡산이 나오는데
그곳에 양 닮은 짐승은 등 뒤에도 눈이 있어
이 짐승 박이猼訑를 몸에 차면 두려움이 없다네*

옥룡설산 합파설산 산을 넘는 마방들은
차茶를 싣고 절벽 길을 달밤에도 가야만 하니
설산의 가파른 길 갈 때 박이를 몸에 찬다네

붕새는 13 봉우리 용 머리에 내려앉아
한 몸이던 옥룡 합파 갈라진 틈 사이로
흐르는 금사강을 내려다보며 떠올리는 곤鯤** 생각

설산을 오르며 듣는 붉은 협곡 물소리
붕새는 안 보여도 온갖 짐승 길러냈을
색색의 앉은뱅이 꽃들과 눈인사를 나누네

* 『산해경』 55쪽(7) 「남산경」에서 인용.
** 북쪽 바다에 있는 물고기로 얼마만큼 큰지 모른다. 이 물고기가 변하여 붕새가 되었다고 한다.

나시객잔

옥수수밭 언저리서 들려오는 노랫소리
물과 바람 산과 불에 경배하는 제의祭儀 행위
다리를 쭉 뻗고 업힌 아기 칭얼칭얼 졸고 있다

모란처럼 곱게 앉아 동파문자 수를 놓던
음전한 나시 여인 차茶를 내는 손끝에서
먼 기억 옛집에 걸린 횃대보를 떠올린다

제라늄, 부겐베리아, 백일홍이 환한 마당
엮어 매단 옥수수가 군침을 돌게 하고
짐꾼들 허기를 채워주던 묵은 술국 익어간다

샹그릴라

매리설산 저 정상이 샹그릴라일까 하여
안간힘 애를 쓰며 가파른 적막에 서니
발밑에 구름들만이 오고 가고 있었다

아무것도 없는 정상 빙산도 말이 없다
저 아래 어린 짐승 풀 뜯는 모습들을
새뜻이 훑고 지나간 내 마음이 샹그릴라

차마고도 1

– 신호등

산이 모여 사는 이곳 하늘도 현기증 나는

원시의 적막을 깨며 구름을 딛고 간다

조랑말 방울 소리는 빙벽 허릴 두드리고

가파른 설산에선 말들도 멈춰 선다

견디기 힘들 때는 서서 사뭇 똥을 싸며

제 뒤에 오는 말들에게 주의 경보 알린다

차마객잔에서

하늘이 내린 온갖 식물 날고 기는 짐승들
눈과 비바람까지 살뜰히 거느리고
설산은 유리알처럼 제 자태를 드러낸다

차茶와 말馬이 만나던 곳 눈보라도 피할 길 없던
3000m 고원 마을, 노란 꽃에 나비가 난다
나시족 불멸의 성산 나도 몸을 맡겼다

차마고도 2
— 산으로 가버린 새

당신 계신 곳이라면 설산인들 못 가리까

좁은 길 협착한 길 구름 헤쳐 못 가리까

당신은 내 안에 계시거늘 밖에서 찾는 이 비애여

홍사성

벼랑길

– 차마고도 시편 1

잠깐 한눈파는 사이
돌 구르는 소리

놀라 내려다보니
까마득한 천길 벼랑

그 길
다리 후들거리며 걷는다

아무도 대신 가주지 않는
가파른 외길

호도협곡

– 차마고도 시편 3

이 산 저 산
사이

당신과 나
그 사이

계곡 아찔하게
깊다

호랑이가
건너뛰었다는

위험한
사랑

라마사원에서

– 차마고도 시편 6

매리설산 연화사에서
이십 위안 보시하고 오체투지 세 번

샹그릴라 대불사에서
향 세 개 꽂고 우요삼잡 합장 반배

작은 포탈라궁 송찬림사에서
마니차 여섯 번 돌리고 옴마니반메훔

남몰래 지은 죄는 죄다
남몰래 라마사원에 내려놓고 갑니다

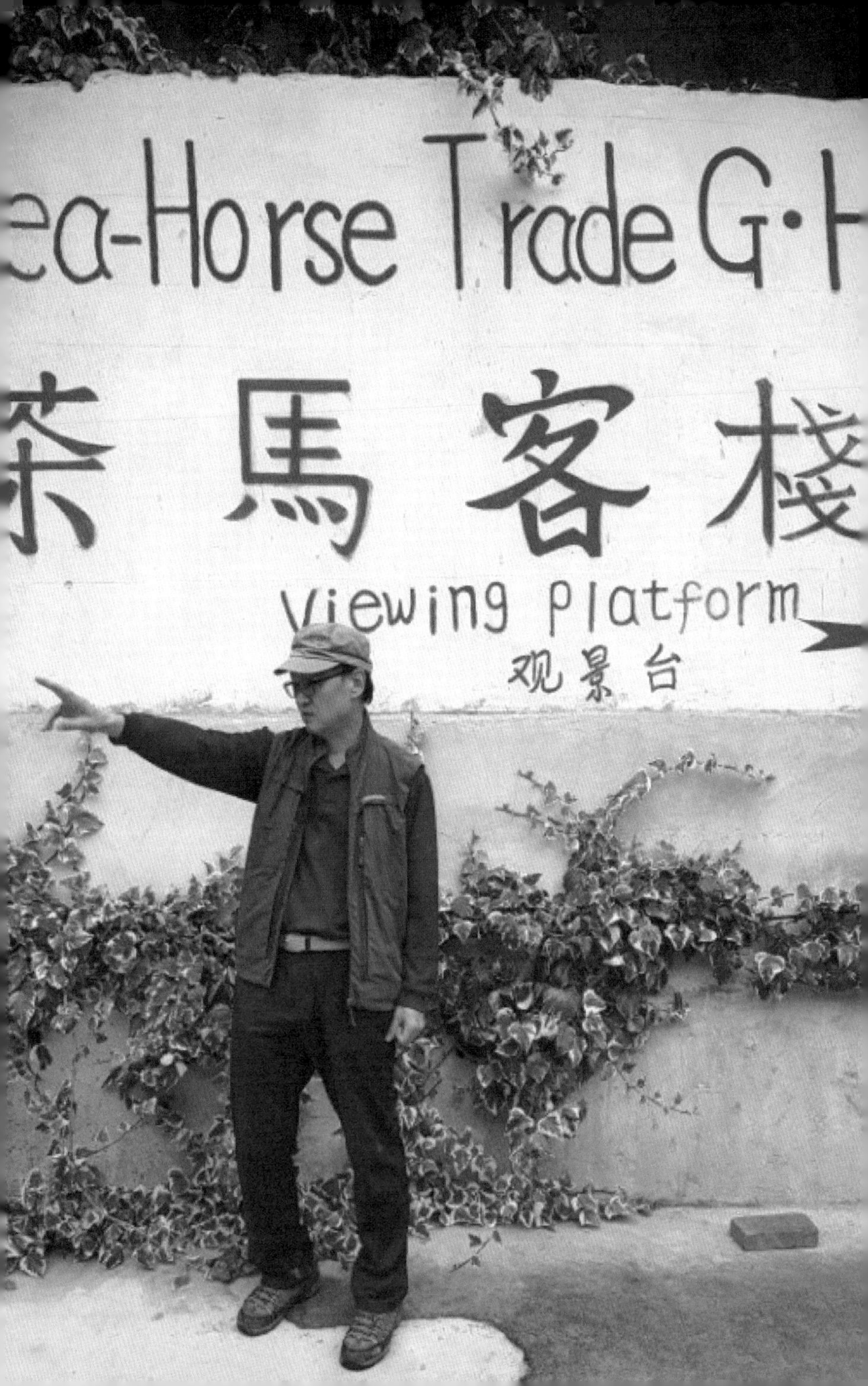

ea-Horse Trade G·H
馬客棧
Viewing platform
观景台

조랑말

– 차마고도 시편 9

오늘은 어떤 손님 모시게 될까
아침 여물 씹는데 마구간 문 여는 소리
피할 수도 없는 피해서도 안 되는
또 하루의 시작

기왕 나서는 길
감당할 수 있는 무게였으면
걷는 길 너무 가파르지 않았으면
힘들 때 잠시 쉴 시간 허락해주었으면

아니어도 할 수 없지만
다만 다치지 않고 돌아갈 수 있기를
채찍 조금이라도 덜 아프기를
무엇보다 배곯지 않기를

새들도 숨찬 하파설산
눈이라도 내려 길 막히면 좋겠는데
안 가면 안 되는 비탈길 오늘도
산똥 싸며 걷는다, 콧김 몰아쉬며

대리석 꽃무늬

– 차마고도 시편 11

처음 알았다
대리석이란 말 운남성 대리에서 유래됐다는 것
석회암이 높은 온도와 압력을 받아 변성한 돌이라는 것
그 과정에서 꽃무늬가 생겨 아름답다는 것
쉽게 만들어지는 게 아니라는 것

이제야 알았다
사랑이란 말 사람과 사람 사이가 뜨거워야 생긴다는 것
가슴이 백만 톤 압력 받으면 얼굴도 변성된다는 것
그 과정에서 심장에 꽃무늬 찍힌다는 것
아무리 애써도 지울 수 없다는 것

타르초 편지

- 차마고도 시편 12

바람에 실어 날려 보내면 가서 닿을까

구름에 달아 띄워 보내면 가서 전할까

세상 끝 어디서 착하게 늙어가고 있을

가끔은 그리운 그대에게 보내는 내 마음

산양

– 차마고도 시편 13

목숨 늘 위태롭다
한눈팔다 미끄러지는 순간
산 채로 산산조각, 그걸로 끝이다
벼랑은 그런 곳 안전지대가 없다
튼튼한 다리 가벼운 몸
암벽 타기 선수라야 살아남는다
때로는 자존심 건 뿔싸움 반나절
지킨 영토는 한 뼘 남짓
눈밭에 찍힌 발자국은 매일 조금씩
봄눈 녹듯 늙어가는데
불귀로 떠날 그날까지 견뎌야 하는
산양, 삶의 터전은
오늘도 절벽

사막의 형제들

– 차마고도 시편 20

구름의 고향 중국 운남성 따리大理에 있는 바다 얼하이洱海 바다라지만 사실은 해발 2천 미터 고원지대에 위치한 귀처럼 생긴 담수호다 남북 40킬로미터 동서 16킬로미터 면적 250평방킬로미터 수심 20미터 저수량 25억 입방미터 중국에서 일곱 번째 운남성에서 두 번째로 큰 호수다 여기서 진짜 바다를 보려면 1천7백 리를 더 가야 한다 푸이족布依族이 호수를 바다로 부르는 이유다

나는 날마다 그리운 사막의 형제를 푸이족처럼 정다운 이름으로 부른다 상문구름 추인번개 영재설산 도선협곡 윤효언덕 일연능선 이경잔도 경철백주 금용풍마 지헌객잔 이정바람, 그리고 나는 라마사성

| 약력 |

김금용

1997년《현대시학》등단. 시집『넘치는 그늘』『핏줄은 따스하다, 아프다』 등. 펜번역문학상, 동국문학상 등 수상.

김영재

1974년《현대시학》등단. 시집『녹피 경전』『히말라야 짐꾼』『화답』등. 중앙시조대상, 고산문학대상 등 수상.

김일연

1980년《시조문학》등단. 시집『너와 보낸 봄날』『꽃벼랑』『엎드려 별을 보다』등. 유심작품상, 이영도문학상 등 수상.

김지헌

1997년《현대시학》등단. 시집『회중시계』『배롱나무 사원』등.

김추인

1986년《현대시학》등단. 시집『프렌치키스의 암호』『행성의 아이들』『모든 하루는 낯설다』등. 한국예술상, 질마재문학상 등 수상.

윤효

1984년《현대문학》등단. 시집『물결』『햇살방석』『참말』등. 영랑시문학상, 풀꽃문학상 등 수상.

이경

1993년《시와시학》등단. 시집『푸른 독』『오늘이라는 시간의 꽃 한 송이』 등. 유심작품상, 시와시학상 등 수상.

이경철

2010년《시와시학》등단. 시집『그리움 베리에이션』, 평전『미당 서정주 평전』등. 현대불교문학상, 질마재문학상 등 수상.

이상문

1983년《월간문학》등단. 소설집『이런 젠장맞을 일이』, 장편소설『황색인』등. 윤동주문학상, 한국펜문학상 등 수상.

이정

2010년《계간문예》등단. 장편소설『국경』『압록강 블루』. 아르코문학창작기금 받음.

최도선

1987년〈동아일보〉등단. 시집『겨울 기억』『서른아홉 나연 씨』, 비평집『숨김과 관능의 미학』. 한국문화예술진흥원 지원금 받음.

홍사성

2007년《시와시학》등단. 시집『고마운 아침』『내년에 사는 法』.